움푹 파인
발자국마다
우리는

움푹 파인
발자국마다
우리는

라음 동인

한그루

여덟 번째 동인지를 내며

동인은 시의 지향점이 같은 사람들의 모임입니다.

그런데 그 지향점이 자신의 개성은 아닐 겁니다.

다양한 시들을 모으는 힘은 섬이라는 공간입니다.

제주도에서 시를 쓰는 우리의 고심이 징검다리처럼

이 동인지에 머물러 잠시 쉬면 좋겠습니다.

몇 년 동안 동인지를 내지 못했습니다.

그 사이 사람들도 꽤 바뀌었습니다.

하지만 우리 모두 시의 테두리 안에 있기에

다시 만날 수 있으리라 믿습니다.

어떤 동인은 문학 권력으로 나타나기도 합니다.

하지만 라음은 문턱이 낮습니다.

누구나 시가 좋으면 들락날락거리며 지냅니다.

보름에 한 번 모여서 시를 읽고 의견을 나눕니다.

시 한 편을 들고 모임 장소로 걸어가는 길에

파인 발자국마다 따뜻한 바람이 고이길 기원합니다.

- 라음

2022 라음 동인

움푹 파인
발자국마다
우리는

현유상 자구리 저녁하늘 외 6편   10

김리아 못 떠나 제주 외 3편   24

정현석 달을 실은 노인 외 2편   36

이재정 쓰레기학 개론 외 3편   40

오세진 북의 노래 외 2편   44

안은주 여기는 서귀포 외 3편   69

이현석 얼룩 외 2편   73

이정은 달맞이꽃의 망명 외 2편   79

김정순 아부오름 외 2편   84

조직형 고지의 정류소 외 3편   90

김호경 고구마 외 4편   98

채수호 형 외 2편   107

현택훈 서호수도기념비 외 3편   112

좌안정 고양이 외 1편   118

움푹 파인
발자국마다
우리는

자구리 저녁하늘

현유상

섶섬부터 한라산까지 이어진
이곳에서 놀아 보려 해

마음은 하얗게
생각은 몽글몽글하게
준비됐니?

우주에 놓인 남극노인성 아래서 시작할 거야
북극성 아래서 시작하는 친구와 손잡고
이곳 저곳 돌아다니며
처음 보는 친구들과 함께
별 따먹기를 할 거야

영역을 넓혀 갈 때마다 흉내를 내볼 거야
한 마리의 동박새가 되어 날아 보기도 하고
한 마리의 자리가 되어 헤엄쳐 보기도 하고
하늘에 가득 차 놀이가 끝나 갈 때
대지와 바다에 스며들 준비를 할 거야

별을 보러 온 사람들에게

오늘은 볼 수 없을 거라는 말을 전해

아마 오늘은 비가 내릴지도 몰라

이중섭에게

당신의 거리 위엔
수많은 사람들이 동물들이 벌레들이
살아가고 사라지고
이름으로 새겨진 길 위에는
당신의 세계 느껴보겠다며
연고 없는 이들만 왔다갔다
소들은,
지천이었던 풀이 다 사라져
윗마을 산동네로 떠나간 건지

자구리 바닷가엔
수많은 사람들이 동물들이, 벌레들이
살아가고 사라지고
당신이 자주 찾았다던 곳은
낮이나 밤이나 주민들 관광객들 쉼터
깅이들은,
밤마다 외쳐대는 폭죽소리에
다른 바다마을로 이사 간 건지

수많은 종잇장에 그려진,
당신의 그림 속으로 데려간 건지
당신의 시절과 함께 떠난 건지

당신의 이름이 새겨진 길
당신처럼 걷는 이 바닷길
바닷바람에 젖은 채 내가 당신처럼 앉아
서귀포를 생각해 봅니다

서귀포 안녕

이 여름이 지나가면 떠날 예정입니다
돌아오는 시간이 길어지면 잊어버릴까 봐
서귀포가 그려낸 밤을 담아두려 걸었습니다
어느새 도착한 이중섭거리
이곳에는 70년 전 떠난 서귀포 풍경이
돌아온다는 현수막이 펄럭이고 있습니다
그가 살았다던 생가 옆에 앉아
바다, 하늘을 바라봅니다
가만히 앉아 있으니 풀벌레 소리 들리고
수풀 사이로 귀뚤귀뚤 움직임에
스르르르 불어오는 바람
박하 향같이 시원한 바람에
거리에 누워 살포시 눈을 감았습니다
밤하늘에 놓인 별들
서늘하게 불어오는 바람
기억 사이로 들려오는 풀벌레 소리
구름으로 가려진 별을 대신하는 가로등 불빛
떠나지도 않았는데 미리 그리워하는 마음
지금 느끼는 감정들을 마음에 새깁니다

돌아오는 날 이 마음 약도 삼아

돌아오겠습니다

안녕 서귀포

표선 바다

외할머니는 파도 소리 사라진 곳에서 물질을 하지

바람은 바다가 되고
구름은 숨비소리를 내며 흘러가지

외할머니 손잡고 가곤 했던 표선 바다

외할머니는 나를 위해 바다에 간다고 했지
어린 나는 외할머니의 마음을 알지 못했지

나무도 파도가 되는 마을
성게 가시, 소라 껍데기 뿌려진 귤밭엔
바다가 출렁이고 있었지

서귀포 바닷길 파도 소리 끊길 때까지 걷다
물집 잡힐 즈음 잠시 앉아 바라보는 하늘바다

바다 위 흔들리는 주황 풍선 보며

인어가 되어 바닷속 친구들과

헤엄치는 외할머니를 생각했지

돌돔 두 마리

물질 끝날 시간이 되어
어머니 데리러
표선 외할머니바다로 갔지
물질 끝나 해녀의집 앞에서
성게 까고 있는
어머니 외할머니 기다리다
어릴 적 바다 근처 웅덩이에서
작은 물고기 잡던 생각나
웅덩이로 향했지
밀물 때 놀러 온 돌돔 두 마리
썰물 때 돌아가지 못해
갇힌 신세
외할머니 계신 곳으로 달려가
이 사실을 알렸지
외할머니께서 작살을 들고 두 돌돔에게 갔지
사십 센치 되는 두 생선들 보며

"호꼼 시믄 느 외할아버지 제산디게
아이고 잘했져 아이고 잘했져"
라고 말했지

외할아버지 제사 엿새 전

별이 내린 아침

강원도 어느 산속에서 머무르고 있습니다
한 달이 지나서야 비로소 별들이 읽히기 시작했습
니다
별을 읊었던 시인의 마음이 들렸습니다

들뜬 마음 뒤로하고 잠자리에 누워 잠을 청하다
별들이 소근거리는 소리에 잠에서 깼습니다
유리창으로 들어오는 새벽빛에 별의 이야기가 실
려 있었습니다

그 빛을 맞기 위해 얼른 옷을 꽁꽁 싸매고 나왔습
니다
문밖으로 나오니 살포시 손등 위로 별 하나
안부 인사 전하고 녹아 내렸습니다
고갤 들어 살고 있는 마을을 둘러보니
온통 별들로 덮여 있었습니다

서른 날 넘을 동안 내가 읊던 별들이 쏟아진 건지
고향에서 보내온 편지인지 알 수 없었지만

마을이 별들로 물들어 있었습니다

별에게 전했던 이야기가 돌아오는 계절
손을 움츠리게 하던 바람이 불던 날

고향 제주에 나는 결석 중입니다

서귀포의 밤

시작이 궁금해져 마중 나갔습니다
하루 일을 마친 해는
구름을 귤빛으로 물들이며
따사로웠던 오늘을 이야기하고
구름 사이를 날아다니며
수고했다는 새들의 날갯짓
날개에서 불어오는 바람
바다에 번져 파도 소리 추석추석
파도 소리에 맞추어
수풀 속 귀뚜라미 여럿이
밤을 알리는 노래를 부르고
섬이 불러주는 밤 노래에
하늘에 떠오른 둥근달
달빛으로 바다 위에 길이 놓이고
그 길 위를 지나가면
가까워질 것 같은 마음에
눈을 감고 손 헤엄치며
그를 닮은 달의 품으로 가는 상상을 해 봅니다
추우우우 섬과 함께 노래해 봅니다

가을이 다가오는

자구리 바닷가 한 곳에 앉아

현유상 hyeonactor@daum.net

못 떠나 제주

김리아

으슬으슬 몸 시리다
맨도롱 또똣 서귀포 오신
울 시어멍
겨울 지나 육지 가신다고 해신디

하얀 겨울 노오란 유채꽃 이쁘구마
유채꽃 노란빛 바래질 때 육지 가마

못 떠나 제주

겨울 지나 육지 가신다고 해신디
하얀 매화꽃 눈치 없이 피어난다

매화꽃 뒤를 좇아 화사한 벚꽃이 터진다
바람 불고 꽃비 내리면 육지 가마

못 떠나 제주

주섬주섬 육지 가려는데

코끝에서 알짱대는 이 향기는 뭐다냐

귤꽃 향기가 이리 달코롬한 줄 몰랐구마
귤꽃 향 사라질 때 육지 가마

못 떠나 제주

여름 소나기 퍼붓고 나니
수국이 수국수국 불쑥불쑥

그 환한 얼굴을 들이밀며
어딜 가냐고 묻는데

못 떠나 제주

가을 되니 펼쳐지는 메밀꽃
어딜 가냐며 팝콘처럼 톡톡 튀며 묻는데

곶자왈에 흐르는 백서향 향기

나더러 어딜 가냐고 코를 잡아 끄는데

꽃이 마르지 않는 서귀포
향이 마르지 않는 서귀포

울 시어멍
못 떠나 제주

이팝꽃에 고깃국

사랑받지 못한 이는
늘 마음이 허기진다

피어나는 꽃을 보면
피어나지 못한 사랑 그리며
더욱더 마음이 허기진다

하얀 고봉밥처럼 소복하게 피어난 이팝꽃
밥이 얹힌 것 같다 하여 이밥,
이팝이라 불린다지

이팝꽃 이름 붙여준 이는
마음이 허기진 사람이었나 보다
사랑받지 못한 사람이었나 보다

입하立夏에 피어난다 해서 붙여진 이름, 이팝꽃
봄은 왔는데 내 맘은 허기진다

봄에 피어나는 이팝꽃을 보면

고깃긋이 먹고 싶다

얼마나 사랑에 굶주린 걸까

우리 안의 야성을 깨우는
고사리 원정대

제주의 봄산엔

으슥한 산길 가

늘어선 차들

차 안에서 연인들이

사랑이라도 나누는 겐가?

차 문이 열리면

하이힐 신은

미끈한 다리

아니고요

빨간 장화가 쓰윽-

지퍼 달린

고사리 앞치마

긴 챙 모자

팔토시

이른바 고벤져스 패션

강한 포스의 할망언니들 차에서 내린다

그렇게 산속으로 들어가
고사리 찾아 삼만리

산 여기저기 현수막이 걸린다
고사리로 길을 잃는 경우가 많으니 주의하시오
이곳은 사격장이니 고사리 채취하는 분들은 조심
하시오

고사리가 피리 부는 사나이도 아닌데
고사리가 바다 위 사이렌도 아닌데
대체 왜들 그렇게 고사리에 끌려 산속으로 가는
거야

고사리 장마 지나고
고사리 열병 시작되면
육지에서 달방 얻어 제주 온다더라
마대 자루에 고사리 가득 담아
월 천도 번다더라
그런 전설적인 이야기에 홀려

나도 간다아
고사리 찾아

며느리한테도 알려주지 않는다는 고사리 스팟
지도에도 나와 있지 않아 갈 길 막막한데
나 잡아끌고 고사리 스팟 알려준 띠동갑 순희언니
볼 것 없는 산길, 렌트 차량 아닌 차들 늘어서 있으면
바로 거기 고사리 스팟!

덤불 속 고개 숙인 고사리는
땅속에 고개 박은 타조 같은데
그 자태의 고사리를 발견하면
심봤다! 외치고 싶은 쾌감이 있다
이런 맛에 고사리를 찾는구나

똑똑 꺾이는 고사리
그 손맛이 낚시꾼의 그것과 같아서
고사리 꺾는 손맛에 중독되어
정신없이 고사리 꺾으며 나아간다

좋은 공기 마시며

제주 산 풍경 즐기며

고사리 찾아다니는 고사리 라운딩

골프 라운딩 부럽지 않아

고사리 라운딩하며

순희언니 인생 내 인생

주거니 받거니 고사리 토크

언니가 꺾은 고사리 다발

나 먹으라며 건네주는데

꽃다발 받는 거마냥 설렌다

내 안의 수렵채취 야성을 깨우는 고사리 원정대

연대의 따듯함을 알려준 고사리 원정대

월 천은 못 벌었어도

고벤져스 언니들이 천군마마

내년에도 혼디 모영 고치 가 보게

제주마당 비파약국

반쯤 열린 파란 대문 사이로

비파나무 있는 마당

호리호리 늘씬한 비파잎

바람에 흔들리며 나를 환대한다

몬저 들어강 이서

(먼저 들어가 있어)

호끔 싯당 가크메

(난 조금 있다 들어갈게)

빗방울처럼 매달린 비파열매 밑에서

멍하니 친구 기다린다

문 열어 놓고 나간 친구

조조와 양귀비가 애정했다는

영웅과 미인의 비파열매

육지 것은 비파열매 좋은 거 알 길이 없고

먹는 건지는 호끔도(조금도) 몰랐다

*

비파 안 따먹고 뭐해?

(비파 안 따먹고 뭐했어?)

주인 없는 집에 들어온 것도 뻘쭘한데

비파 따먹으며 기다려야 했던 거?

친구 마음 넉넉함에 또 한번 빙삭이 웃고

기다랗게 늘씬한 잎이

악기 비파琵琶를 닮았다 하여 비파枇杷

육지마당 감나무처럼

제주마당엔 비파나무

한겨울 뜬금없이 피어나는 비파꽃

꿀벌에게 겨울휴가 내어주지 않는다

자기도 추운지 칙칙한 갈색 털옷 단단히 입고 피어

나는데

꽃치고는 정말 곱들락ㅎ지 않다(예쁘지 않다)

곱들락ᄒ지 않아도 비파열매 몸에 좋아
비파나무 있는 집에는 환자가 없뎬 마씸

넉넉한 제주친구 마음마당처럼
열매, 잎, 줄기, 꽃 모두 약재
제주마당 비파약국

사람도 나무도 치유 에너지 가득
제주에서는 아플 일이 없을 거 같우다

김리아 aibing@hanmail.net

달을 실은 노인

정현석

리어카 바퀴에 달빛이 실린다.

반짝이는 도금이 벗겨지면

펄럭이는 표면 따라 달이 떨어질 듯해.

눈동자로 밤하늘을 굴려도

별 하나 보이질 않아.

달 하나만 떠 있는 동네여서 달동네일까.

잠이 가득한 하늘에 있어도

달의 잠은 깊지 않다.

구르는 바퀴의 휠이 차가운지

달빛이 빈 수레에 자릴 잡았다.

오르막도 아닌데

노인의 손등 주름이 깊어진다.

아파트의 화음에 기대어

걸음을 재촉하는 겨울밤,

등 떠밀어주는 이 없는데

한 쌍의 바퀴가 잘 굴러간다.

밤이 실려 있는 리어카는 달의 꿈을 꾼다.

뇌전증

와인을 따르며 명주실을 뽑듯 기억을 더듬어본다.

코끝을 강렬히 건드린 향기에 비틀거린 벌이 된 감각을 떠올려 천천히 디켄팅을 해보니 붉은 실이 림에 닿아 녹아들어 보울을 따라 뭉쳐지듯 흘러내린다. 금방 풀어질 듯한 실은 금세 어지럽게 뭉쳐지고, 뒤섞이듯 출렁이는 풍경에서 본 건 시장의 소란스러움과 과일의 향연, 그 안에서 몸을 더듬듯 온기가 퍼지는 걸 느끼는 한 여인을 보았다. 여인을 따라 걸어가니 사공을 만나 함께 배에 올라탄다. 사공이 투명한 스템을 위 아래로 움직이니 배는 앞으로 나아가고 경련하듯 출렁인 짧은 순간, 여인은 사라지고 없다. 유혹하듯이 바라보는 듯한 눈을 지닌 여인은 어디로 떠난 걸까.

목적지를 묻지 않는 사공의 안내를 따라 강을 거닐다 한 마리의 뱀과 마주쳤다. 살기도 독기도 없는 까만 눈동자가 불이 꺼진 샹들리에를 닮았다. 멀어지듯 사라지는 관객의 아쉬운 눈을 돌아보며 현실로의 귀로를 서두른다. 자연히 남은 진한 향기를 남기고.

흙 침대

미세먼지가 많아 할머니 방에 흙 침대를 놔드렸다.

손가락 한 마디 깊이로 파

그 안에 씨앗을 심으면

흙에 뿌리내려 꽃을 피워 낼 거야.

아이의 눈은 그렇게 말했다.

흙 침대라서 누우면 새 옷에 흙이 배길까

아이는 할머니의 품을 거부한다.

할머니가 일어나 옷을 털게 되면

방은 금방이라도 흙색으로 물들어 버릴 듯해.

할머니의 옷이 지저분해지는 게 싫은 아이가

사진 속의 꽃밭을 떠올려 꽃의 씨앗을 사왔다.

향기로운 꽃이 피어나면

할머니가 잠을 더 잘 주무실 거라는

호기심은 아이의 손톱을 굴리고

구멍 안에는 진한 황토가 있어 뿌리를 내릴 거라고,

전원을 올려 할머니가 누우면

흙을 양분 삼아 피어날 꽃들을 기다려보지만

그 흙으로도 꽃은 피어나지 않았다.

씨앗이 타서 생긴 점이

혼나서 우는 아이의 모습과 닮았다.

흙내임을 머금은 침대 위

할머니의 무릎을 베고 아이는 꽃의 꿈을 꾼다.

정현석 gustjr2915@naver.com

쓰레기학 개론

다 쓰고 버려진 나에게도 관절이 있을까 어떤 시인이 좋은 시에는 몸 어딘가에 힘이 남아 있다 했는데,

요일별 쓰레기마다 보낸 추억, 배반된 정신, 철 지난 꿈, 연약한 지성, 추레한 인식의 힘 이딴 게 나의 관절마다 남겨져 있을까. 또 바람 빠진 쓰레기 어딘가에 힘이 숨겨져 있을까 나에게 묻는다. 답은 없지만, 우리가 갑자기 목소리를 높인다고 해서 다른 세상이 열리는 것은 아니듯 꽃의 전투를 힘이 결정하는 것도 아니다. 수거된 쓰레기에 화산의 수사가 없듯 삶의 형식에도 이제는 힘의 형식을 빼야 할지도 모른다.

칠하고 닦고 조르는데, 무심코 어깨를 쓰게 된다. 칠하고 또 닦을 때마다 나는 안간힘으로 반성을 한다.

첫눈이 내린다면서

시를 쓸 수 없어 시인을 만나고 산을 오를 수 없어, 눈을 만났네요. 사내들의 삽시간이 하얗게 흐느적거리던 주말

한라산 등지고 눈 내리는 1100미터에서는 '심령 사진'과 '블루블루'가 어울려

좀 더 쌓이면 통제되는 1100미터, 움푹 파인 발자국마다 우리는 이른 봄의 안부를 묻고 왔네요.

어떤 그리움을 출판하다

어떤 사람은 밤낮으로 취해서 쓰러져 지내고 또 어떤 사람은 술이 깨어 노래를 부르던 시절, 그래도 될 만한 시절.

몇 년째 의식을 잃고 병상에 있는 이흔복 시인의 시들을 모아 시집을 냈다는 소식이 기름진 바다를 비집고 왔다.

코로나가 딱 하루만 더 이어진다면, 모두 게슴츠레한 눈빛을 열고 느릿하고 어눌한 어투로 흥얼거리며 살 수 있었을 것이다.

모두 '깊고 푸른 바다'에서 벌어진 일이다.

일어나, 내 생애 아름다운 봄날이여 중얼거리자 밀려드는 파도 속 어디선가 '어서 돌아와'라는 낮은 속삭임

사랑학 개론

한수풀 가는 골목 어귀에 고양이가 울고 있다. 옷섶을 여미는 소리, 지퍼를 올리는 소리. 그럴 리가, 고양이가 지퍼를 어떻게 내릴까. 눈 감아도 눈 밖으로 눈 오는 소리. 내가 고랑 속에 빠진 건지 고양이가 함정에 묻혀버린 건지. 나름 겨울이었다. 고양이가 잠들어 있었다. 마르고 질겨진 게 덤불인 줄 알았더니 갓 뚫고 나온 꽃술 한 송이. 고양이는 어쩌자고 나무에서 내려왔을까. 바다까지 이르는 동안 갸릉갸릉 울음이 빗금쳐 옹기종기 밭고랑을 갈랐다. 나는 가을이고 너는 겨울이었다. 집이 사라지고 울음이 떠나버린 텅 빈 들판. 한밤에도 오름은 열리고 고양이가 꼬리를 흔두다. 양미간 사이 입꼬리가 걸린 첫 겨울이 온다.

이재정 add61@naver.com

북의 노래

- 삼석연물 삼의 일

오세진

채는 갈라

구당 당 구당 당 구당 굿
두구 당당 구당

북 치젠 허민
북 가죽 주인 뒈나신
노리가 왕 글앙 줍네다

땅은 갈라

일제주 이거제 삼진도 ᄉ남해 오강화
제주절도 ᄉ백리주입네다

어스승은 단골머리
아흔아홉골 뒈옵고

ᄒ골이 어서
곰도 왕도 범도 신도

못네나던 요 섬중 뒈옵네다

ᄆ을은 갈라

ᄆ 재갈 쒜붙이 닮젠 ᄒ영
ᄆ음 ᄆ

샛빌 추룩 곱닥ᄒ당 ᄒ영
새비리 ᄆ

벧이 과랑과랑 ᄒ게 든당 ᄒ영
벧밧 ᄆ

아척이슬 방 꿩 하 이신 숲이 새로 지엇뎬 ᄒ영
새동네

구슬 닮은 맑은 물 고영 ᄆ랑ᄆ랑 ᄒ영
ᄆ욱이 ᄆ

다섯 물

달추룩

돌글랑ᄒ

동산있덴 허영

노형老衡 월산月山 뒈옵네다

산이 가민 산신대왕

물로 가민 요왕황전

풀려줍센ᄒ영

산아줍센ᄒ영

그듸 가젠 ᄒ여도

산 멀엉

산신대왕고로 글젠 ᄒ여도

누운오름 너멍

조끄뜨레 있젠 아니ᄒ곡

바당 멀엉

요왕황전고로 글젠 ᄒ여도

오도롱 호병밧 너멍

조끄뜨레 있제 아니ᄒ영으네

산사름 추룩

밀랑 페랭이 갈적삼 갈중이 입곡

대낭창 들어나신

펀드렁 ᄒ 군인 경찰 안티

발을 엇디듸영 죽곡

서북청년단 추룩

콧시염 기르곡

서울말 글으멍

펜주룽ᄒ게 서 이신 산사람들 안티

귀눈이 왁왁헤지엉 죽엇습네다

북 장단 줏아들엉

졸락 졸락

오들랑 오들랑

노리가 들러키멍 골암수다

북이 노래ᄒ는 것추룩

경 골암수다

노리: 노루

골다: 말하다

골앙 줍니다: 말해 줍니다

어스승은: 어승생악(御乘生岳)에는, 어승생악은 해안동 남쪽에 있는 오름

단골머리: 골머리봉 혹은 아흔아홉골

몰: 마을 혹은 말(馬), 동음이의어

음: 말 재갈에 사용된 쇠붙이의 명칭

몰음 몰: 마을 이름, 말 재갈에 사용된 쇠붙이처럼 생긴 마을이란 의미

샛빌: 샛별

빌: 볕(햇볕)

아척이슬: 아침이슬

하 이신: 많이 있는

고영: 고여서

몰랑몰랑: 말랑말랑

돌글랑훈: 동그란

유왕화저: 龍王皇帝

산아줍센호영: 살려주세요 하여서

산신대왕고로 골겐 호여도: 산신대왕에게 말씀드리고자 하여도

누운오름: 노형동 남쪽, 도근천 서쪽에 있는 오름

오도롱: 지금의 이도2동에 위치한 일부 지역 명칭, 4·3 당시 노형리 사람들이 1차로 소개되어 간 이호리 남쪽 마을 중 가장 큰 지역

호병밧: 지금의 이도2동에 위치한 일부 지역 명칭, 4·3 당시 이호리로 소개 당한 노형리 사람들이 가장 많이 학살당한 학살터

밀랑 페랭이: 밀짚모자

펀드렁 훈: 시치미를 뗀

발을 엇디듸엉: 발을 잘못 디뎌서

펜주룽호게: 태연하게

귀눈이 왁왁헤지엉: 귀와 눈이 깜깜해져서

졸락 졸락: 깡총 깡총

오들랑 오들랑: 위로 팔짝 위로 팔짝

들러키다: 놀라서 팔짝 뛰어오르다

환생 설쒜

- 삼석연물 삼의 이

쒜는 기억이주

-쇠는 기억이지

저어디 방일봉 웃더레

동개진이밧듸 이서나신 흔 집이서

-저어기 방일봉 위쪽으로

-동東개진이밭에 있는 한 집에서

하르방이영 할망이영

아방이영 어멍이영

누님 성 아시 조케영

-할아버지랑 할머니랑

-아버지랑 어머니랑

-누님 형 동생 조카랑

낭푼이 ᄀ득

모물 ᄎ베기 담앙 놓앙

ᄒ디 아장 숟구락으로 먹곡

장 어신 깐이렌 ᄒ여도

제끄락으로 마농지 먹으민

배봉끄랑헤지곡

아도록ᄒ니 막 좋앗주, 경허당

-양푼 냄비 가득

-메밀수제비 담아 놓아

-함께 앉아 숟가락으로 먹고

-장(간장, 된장) 없는 형편이라 하여도

-젓가락으로 마농지 먹으면

-배불러지고

-아늑하니 좋았지, 그러다

반자이 쎈소다 허젠허난

총 총알이 어서

낭푼이영

숟구락이영 제끄락이영

-만세 전쟁이다 하자고 하지만

-총 총알이 없어서

-양푼 냄비랑

-숟가락이랑 젓가락이랑

저 쒜를 녹이자

허명 몬딱 가져가부런, 겐디

-저 쇠를 녹이자

-하면서 모두 가져가버렸지, 그런데

쒜는 기억이주

-쇠는 기억이지

쒜를 녹이젠 ᄒ난

영ᄒ 기억이영 ᄒ디 녹앙

핏물뒈어 흘럼신게

-쇠를 녹이자고 하니

-이런 기억이 함께 녹아서

-핏물 되어 흘렀네

경 벌겅ᄒ 쒜물로

총이영 총알이영 철창이영

멩그러낫주만은

영ᄒ여도 경ᄒ여도 쓰지도 못ᄒ여불곡

전쟁 끝낫주, 경허당

-그렇게 버얼건 쇳물로

-총이랑 총알이랑 철창이랑

-만들어놨지만

-이러해도 저러해도 쓰지도 못해버리고

-전쟁 끝났지, 그러다

새 나라 세우젠ᄒ멍

그추룩 멩근

총 총알 철창에

-새 나라 세우자고 하면서

-그처럼 만든

-총 총알 철창에

하르방이영 할망이영

아방이영 어멍이영

누님 성 아시 조케영

-할아버지랑 할머니랑

-아버지랑 어머니랑

-누님 형 동생 조카랑

저어디
압바당에 이서놔신 도들오름서
우로 오민 이호국민흑게서
Ⴏ을 우 누운오름서
총 맞곡 철창에 수시어정
핏물 흘리멍 돌아갓주
-저어기
-앞바다에 있는 도들오름서
-위로 오면 이호국민학교서
-마을 위 노운오름서
-총 맞고 철창에 쑤셔져서
-핏물 흘리면서 돌아가셨지

나 흔나만
어승생 넘곡
웃영등창궤에 곱앙잇다
족은드르왓오름 조끄띠

청산이도서 살아남앗주

나 ᄒ나만 살아진거라 나 ᄒ나만

-나 하나만

-어승생악 넘고

-웃영등창궤에 숨어있다

-족은드르왓오름 근처

-청산이도서 살아남았지

-나 하나만 살아남은 거라 나 하나만

오늘날 나 ᄒ나 살아나신 줴로

오리정 신청궤로 신메우젠 ᄒ여도

설쒜가 어서

총이영 총알이영 철창이영

-오늘날 나 하나 살아난 죄로

-오리정 신청궤로 신 모시고자 하여도

-설쒜가 없어 놓아서

-총이랑 총알이랑 철창이랑

저 쒜를 녹이자

허멍 몬딱 가져와 부런, 겐디

-저 쇠를 녹이자

-하면서 모두 가져와 버렸지, 그런데

쒜는 기억이주

-쇠는 기억이지

쒜를 녹이젠 ㅎ난

경ㅎ 기억이영 ㅎ디 녹앙

핏물뒈어 흘럼신게

-쇠를 녹이자고 하니

-그런 기억이 함께 녹아서

-핏물 되어 흘렀네

경 벌겅ㅎ 쒜물로

설쒜영

멩그러낫주

-그렇게 버얼건 쇳물로

-설쒜를

-만들어놨지

산천초목은
구시월 단풍지민 입입마다 지었다도
멩년 춘삼월 돌아오민 ᄑ릿ᄑ릿ᄒ 입으로 환싱ᄒ고
-산천초목은
-구시월 단풍 지면 잎잎마다 지었다가도
-내년 춘삼월 돌아오면 파릇파릇한 잎으로 환생
하고

쒜는
전쟁 ᄒ젠 ᄒ민 총 총알로 뒈었다도
호시절이 돌아오민 신나락만나락ᄒ 설쒜로 환싱ᄒ
주만은
-쇠는
-전쟁 하자고 하면 총 총알로 되었다가도
-호시절이 돌아오면 신나락만나락한 설쒜로 환생
하지만은

우리 인간 인생이영

어제 청춘 오늘 백발 어차불쌍 뒈고 보민

멧 백년이나 멧 천년이렌 ᄒ여도 돌아 환싱 못 ᄒ는
법이주

-우리 인간 인생이란

-어제 청춘 오늘 백발 아차불쌍 하고 보면

-몇 백년이나 몇 천년이라고 하여도 돌아 환생 못
하는 법이지

풀상ᄒ

하르방 할망

아방 어멍

누님 성 아시 조케 영신님네덜

-불쌍한

-할아버지 할머니

-아버지 어머니

-누님 형 동생 조카 영신靈神님네들

열시왕 앞으로 질치건

청나부 몸으로 환싱흡서

벡나부 몸으로 환싱흡서

-열시왕^{十王} 앞으로 길 닦아주거든

-청나비 몸으로 환생하세요

-백나비 몸으로 환생하세요

설운 가족님네덜

축사니 몸으로

나상 돌게 말앙

저승 상ᄆ을 살려줍서

-서러운 가족님네들

-죽지도 살지도 못한 영혼으로

-나돌아다니게 말아서

-저승 상마을에 살게 해주세요

하늘 땅 새 귀중흔 건 인간 목숨 뱃기 중흔 것이 있오리까

-하늘 땅 사이 귀중한 건 인간 목숨밖에 중한 것이 있으오리까

설쉐: 제주도 굿에서 쓰이는 악기, 체에 놋으로 만든 주발을 엎고 두 개의 채로 두드려 연주함

방일봉: 노형동 중산간에 있는 주위보다 솟아 있는 지형

동개진이밧: 노형동 방일봉 남서쪽에 있었던 마을 이름, 동과 서로 두 개였던 '개진이밧'은 4·3사건을 겪으며 초토화됨

철창: 총모양으로 깎은 나무 앞쪽에 쇠창살을 꽂아 만든 무기

반자이: 만세, 일본어 '万歲'

쎈소다: 전쟁이다, 일본어 '戦争だ'

도들오름: 혹은 도두봉, 제주국제공항 북쪽에 있는 오름

이호국민훅게: 제주국제공항 서쪽 끝에 있던 이호국민학교

누운오름: 혹은 눈오름, 노형동 남쪽에 위치한 오름

어승생: 해안동 남쪽에 있는 오름, 도감내(도근천) 상류의 발원지

웃영등창궤: 족은드레왓오름 북동쪽 사면에 있는 굴 명칭

족은드레왓오름: 어승생악보다 남쪽에 있는 오름

청산이도: 족은드레왓오름 동남쪽 지형 명칭

오리성 신청궤: 심방(부당)이 굿을 하기 위해 오리(五里) 바깥까지 나가 신을 모시고 안내하는 절차

열시왕: 제주무속에서 죽은 사람이 지나게 된다는 열 개 지옥의 각각의 왕

축사니: '죽지도 살지도 못한 이'라는 의미로 제주무속에서 원한을 품은 영혼

상무을: 제주무속에서 저승 열시왕이 사는 가장 좋은 마을

대영 쒜소리

- 삼석연물 삼의 삼

퍼렁훈 하늘알

노랑훈 사름덜

거멍훈 사름덜

물머릿내 너멍

초록훈 대낭밧

허영훈 눈드르

벌겅훈 피부름

쳉 쳉 쳉쳉쳉

쒜소리 내영

정지 안더레

가메솟이영 밥솟일랑

몬딱 부수닥질ᄒᆞ여정으네

대영 ᄒᆞ나

ᄒᆞ 손에 들곡

보릿자루 ᄒ나
ᄒ 손에 들엉

ᄆ을에 이서나시민
노랑ᄒ 사름덜
꺼멍ᄒ 사름덜
왈락 드러왕 죽이카부덴

한락산 알로
우로 우로
ᄃᆯ르멍 ᄃᆯ르멍

방일봉서
ᄒ꼼 쉬젠 허던
애기 벤 누나영
두린 아시영
총 맞앙 죽어 불곡

도감내창 알서

우로우로

ᄃ르멍 ᄃ르멍

베엄이 하영 나옴직ᄒ

베염나리 궤서

ᄒ쓸 쉬젠 허여도

언치냑에 먼저 왕 죽어나신

웃카름 사름덜

누운오름이렌 허영

그듸강 경 눅져입데강

고갤 돌려

노랑ᄒ 사름덜

꺼멍ᄒ 사름덜

쫓아 옴직ᄒ영

아방이영 어멍이영

손 심엉

우로 우로

ᄃ르멍 가젠 ᄒ여도

어떵ᄒ키어

조끄띠서

궹 궹 궹궹궹

쒯소리 내영

아방이영 동더레

어멍이영 서더레

모다덜 어드레갑수꽈

나영 혼저 아흔아홉골예

우로 우로

ᄃ르멍 ᄃ르멍

신이 어서 발은 써능ᄒ곡

밥이 어서 배는 옴탕ᄒ영

주인 어신

총이물 월라물 거을물 잡앙

대영 우에

물 노코

물 노아

졸라 먹곡 살앗주

겡 겡 겡겡겡

대영으로 쒜소리 내민

산이 들이

도채비추룩 얼러뎅기는

아방 어멍 누나 아시 조케

영가님네덜

신나락난나락 ᄒ영

풀어지쿠롸

대영: 놋쇠로 만든 세숫대야, 제주굿에서 쓰이는 악기

몰머릿내: 노형동 사람들이 쓰던 '흘천'의 다른 이름

눈드르: 눈 덮인 넓은 들

정지: 부엌

안더레: 안쪽에, 안쪽으로

가메솟이영: 가마솥이랑

몬딱: 모두

부수닥질ᄒ여정으네: 부수어버려져서

ᄆ을에 이서나시민: 마을에 있으면

왈락 드러왕 죽이카부뎬: 왈칵 들어와서 죽일까 봐

방일봉서: 방일봉에서, 방일봉은 제주한라대학교 남서쪽 200미터 지경에 있는 작은 봉우리

ᄒ꼼 쉬젠 허던: 조금 쉬자고 하던

도감내창 알서: 도근천 아래에서

두린 아시영: 어린 동생이랑, 혹은 어리석은 동생이랑

우로우로: 위로 위로

ᄃ르멍 ᄃ르멍: 달리며 달리며

베염 하영 나옴직ᄒ단: 뱀 많이 나올 것 같다는

베염나리 궤서: 베염나리 동굴에서, 베염나리는 도근천에 있는 일부 지역 명칭

ᄒ쏠 쉬젠 허여도: 조금 쉬자고 하여도

언치냑에: 어제저녁에

웃카름 사름덜: 윗마을 사람들

누운오름이렌 ᄒ영: 누운오름이라고 하여

그듸강 경 눅져입데강: 그곳에 가 누워있습니까

쫓아 옴직ᄒ영: 쫓아 올 수도 있어

손 심엉: 손 잡아서

조끄띠서: 가까운 곳에서

동더레: 동으로

서더레: 서로

신이 어서 발은 써늘ᄒ곡: 신발이 없어서 발은 써늘하고

밥이 어서 배는 옴탕ᄒ영: 밥이 없어서 배는 매우 오목해서

주인 어신: 주인 없는

총이ᄆᆞᆯ: 털이 회색빛인 말

월라ᄆᆞᆯ: 털이 얼룩덜룩한 말

거을ᄆᆞᆯ: 주둥이가 흰 말

졸라 먹곡: 물이 없어지도록 바짝 졸여서 먹고

대영으로 쒜소리 내민: 대영으로 쇠소리 내면

산이 들이: 산에 들에

도채비추룩 얼러뎅기는: 도깨비처럼 이리저리 어지럽게 다니는

아시: 동생

조케: 조카, 여기서는 임신했던 누님의 배에 있던 아기

신나락난나락 ᄒ영: 신이 나서

풀어지쿠꽈: 풀어지겠습니까

오세진 jeju19480403@gmail.com

여기는 서귀포

안은주

햇볕이 지천으로 쏟아지는 길을 따라

몇 날 몇 밤이고 꿈꿀 수 있는

마음결 같은 바람이 서성이는

여기는 서귀포

햇볕의 뜨거움을 식혀주는

막걸리 한잔에

그 누구와도 가까워질 수 있는

여기는 서귀포

요망진 돌담을 따라 걸으면

여름의 체온이 길 위에 꿈을 떨어뜨리고

배 나가 자리가 바닷물로 채워질 때

마음의 깊은 곳에서 울리는 고동소리 따라

하얗게 부풀어 오른 사연이

섬쥐똥나무 아래에서

날빛으로 피어나 그대로 풍경이 되는

여기는 서귀포

오늘의 인연

　오후 4시, 시장 바닥에서 졸고 있는 할머니, 그 앞 시든 쑥 한 바구니, 확성기로 트로트를 부르는 참외 장수, 수학여행을 온 왁자지껄한 사춘기 아이들, 정류 장에서 수다 떠는 아줌마들, 배달 자전거를 몰며 거친 숨소리를 내뿜는 아저씨, 화장품 가게에서 흘러나오 는 알아들을 수 없는 아이돌의 노랫소리, 모든 소리를 뚫고 들려오는 알 수 없는 고요, 어떤 아릿함, 이 모든 게 내 펜이었다가, 신발이었다가, 일기장이었다가, 만 원에 참외 한 봉지 사 들고 오늘은 시가 되겠다고, 집 에 돌아와서는 비장하게 시를 쓰는데, 코딱지만 한 내 방에 서귀포가 몽땅 쳐들어와, 왁자지껄 이 밤이 다 가도록 끝나지 않는, 시詩.

바보 같아서

정녕 두통은 나선형으로 뱅뱅 돌았다. 그 나선을 따라 돌다 보면 어디선가 경고음이 혼신의 힘으로 들려왔다. 생각은 새벽 바다의 어둠으로 빛나곤 했다. 여유도 없이 두통이 밀려오는 동안 머릿속은 어떻게 변했던가. 그렇게 떠나오는 게 아니었는데. 그렇게 혼자 두고 오는 게 아니었는데. 시발점을 걷기 시작했을 때 그는 초라해졌다. 하얗게 피어난 들꽃들처럼 알고 보면 너무 작아서 하루가 멀다 하고 바닥의 세계를 살고 있었다. 무한 꽃차례처럼. 굴종을 거부하는 바닷가 나무처럼. 그 그늘에 앉아서 그는 그[我]와 합수했다. 안절부절 두통은 깊어 가는데 눈앞은 왜 이렇게 휘황찬란한가. 두통은 가시지 않았고 발가벗겨진 인도人道에서 모래가 연분과 섞여 날렸다. 서귀포항의 새벽은 입항하는 배의 선체를 쉽게 보여주지 않았다. 외로우므로 그는 두통을 이끌고 이 새벽을 횡단할 준비가 되어 있었다. 그는 비겁하지 않았다. 그는 잡히지 않는 갈바람을 따라갔다. 두통은 사라지지 않았고 그만 없어졌다.

해미

　길가 연분홍빛 달맞이꽃 부유한다. 바다의 인어 같은 꽃잎을 흔드는 바람. 공기를 짓누르는 습기. 연기緣起로 휘돌아 감는 물안개.

　바다는 무수한 알卵을 낳고 호두 껍데기 같이 온전한 바람의 지조가 되었다.

　외톨이 방 한 칸, 몽그라진 바람, 물안개 너머로 난파되는 낮달, 홧홧한 날갯짓을 배운 현재의 나我.

　물안개의 시울이 깊다. 길고양이의 배고픔이 싸느랗게 핥는다. 서귀포가 일제히 판단 너머로 잠든다.

안은주 anej6909@hanmail.net

얼룩

이현석

급하게 쓸어야 할 것이 있어
바닥을 쓸었다

그런데 어째 쓸어낼수록
지저분해지는 것 있어
가만히 들여다보니

당신이 버린 사랑이
거기 있었다

그렇게 사랑만이
거기 있었고

남아있는 것은 없는데
이토록 더러워지는 까닭에
바닥을 쓴다

스윽, 스윽
바닥이라 쓰다

알 수 없이 흥건해져
다시금 들여다보니

어느샌가
번져진 바닥

나 혼자만
사랑이라 읽는다

대낮에 벌어진 일들

마트에서
장을 보던 중

두부 한 모와
양파 몇 개 고르다

네 전화에 불현듯
장바구니가 무거워졌다.

나는 이번 달까진
아껴야 한단 핑계로

이곳에
너의 결심을 담지 못하고

헤어지지도,
헤아리지도 못해

대낮 취객처럼

횡설수설했다.

결국

낮부터 취한 사람처럼
얼굴 붉히며

너와 나

이별이 불거졌다.

숙취

길을 걷는데
무작정 당신이 쏟아지는데

우산이 없어

발 끝이 다 젖어 가며
섬 하나를 건너고 있다

비척비척

생각으로도 취할 수 있는지
내 발에 취기가 차는 밤

아무도 없는 틈에 토하다

숙취가 두려워
집으로 간다

도대체

뭐가 그리 두렵고
두려운 건지

집에 와 미끄러지듯
거울을 보는데

아니나 다를까

흰머리가 늘었고

무심코
이별이 자랐네

이현석 nokjidae@gmail.com

달맞이꽃의 망명

이정은

모국어를 잃어버렸어요

돌아갈 배편은 어디로 흐를까요

혼자 맴돌다 들어온 섬

익숙한 곳에서 멀어져야 가고픈 곳에 닿게 되는 거야*

팻말 하나 서 있었어요

달맞이꽃의 말일까요

꽃은 서쪽으로 기울다가도 다시 제자리로 돌아올 텐데요

산보다 바다가 높아요

파도와 파도는 도형처럼 굴러 기억 밖으로 달아납니다

높아지는 벽은 바다라서 그런 걸까요

뛰어들어야 할까요

뭉쳐지지 않은 모래알처럼

대답은 흩어지고 말았어요

무너지는 소리를 모아요 발이 젖어요
아무도 알 수 없었지요 왜 발이 젖는지

모국어를 잃어버린 달맞이꽃을 기억하나요

섬은 흔적 없이 가라앉는 연습을 하고
돌담 사이 불어오는 바람
달맞이꽃을 품은 채 하늘거리고

여긴가요
다른 곳으로의 망명
한 번 더 밀어내 볼까요, 믿어 볼까요

＊제주 어느 카페에서 만난 문구이나, 지금은 사라졌다.

아프리카 펭귄 증후군

생식기 닮은 펜으로 이력서를 쓴다
샤워하다가 서서 배설하는 미묘함이랄까
세면대에 담배꽁초 비벼 끄다가
왜 남극에 사는 펭귄이 아프리카에 살지
아프리카 펭귄은 그 이유를 툭
장래희망을 몽정하는 남자라고 쓴 이력서 때문
그림자가 달 귀퉁이에 매달리고 잔영들은 춤을 추니
깔깔대고 웃다가 제 머리에 빨간 멍울이 생겼다고
서슴지 않고 뱉는다

희미해지는 눈으로 서성거리던 내가
환청으로 꽉 찬 화장실을 잠그려는 손
그 손을 흔들었다
작은 환풍기 너머로 먼지가 날리는 걸 보았거든
여기 헐렁한 도시에는 푸른 버스가 지나가
노란 신호등 깜박, 아프리카 펭귄이 내렸다
욕조 바닥에서 흥건히 젖은 이력서
미끌
흘러내려 뜨끈하게

화분

나에게 물어보세요 모든 것이 선명하게 기억나니까요

그 남자 몸은 검은 털로 수북했지요 각진 어깨는 무거웠고요 뜨거운 뭔가가 흘렀지요 비릿한 러닝을 뒤집어 입은 채 쇠 깎는 소리를 내며 문을 닫았어요 밤새 쌓인 눈 때문에 발자국은 도망갈 수 없었죠 내 몸은 벼랑 끝에 매달린 고드름 같았지요 출구를 찾아야 했어요

그날 이후 자란 화분의 꽃나무 때문예요 가지는 부러졌고 껍질은 벗겨졌어요 신음이 들려오는 이명에 시달리던 나는 화분을 든 채 아파트단지에서 쓰레기 처리장까지 헤매 다녔죠 지릿한 바다 냄새가 생생하게 기억나요 화분을 먼바다 떠나는 배의 화물칸에 실었어요 흉곽을 짓누르던 소리 나를 버리지 마세요 열리지 않는 문 밖에서 꽃이 떨어진다면 심장 뛰는 방향으로 떨어지겠죠 모두들 잊었겠지만 난 잊지 않았어요

지금 내 앞에서 심장 뛰는 소리로 엄마, 하고 부르네요. 누구세요? 화분을 버렸을 뿐이에요 화분을 실은 배는 기우뚱거리며 바다를 건너요 화분을 들었던 손엔 이제 검버섯이 피었어요 나에게 물어봐요 화분에 대해서요 선명하게 기억나니까요

이정은 lje7942@hanmail.net

아부오름

노루가 쉬었다 간 자리에 앉아
박주가리 연보라 꽃잎을 따서
입에 넣으니 살짝 달다 말고 까칠하다
툇 툇

빗지 않은 머리칼처럼
키 작은 소나무 가지 직선 위에 곡선
곡선 사이로 사선
어지러운 그림 사이로
빨간 잠바 지퍼 만지며 내려오는 여인
지친 표정 사이로 흰 구름 한 조각 꼬리 흔들며
지나간다

둘레길 한가운데 맘 놓고 싸버린 쇠똥,
쇠똥과 쇠똥이 솔똥*과 솔똥이
솔잎과 솔잎들이 시끌거리는 길
철모르는 달래도 실 같은 향기 몰래 놓고 걷는 길

호젓한 길에 여름 햇살이

소나기 밥 말아 쏟아놓은 자리에

애기 땅빈대 겨드랑이에 꽃들이 움트고

쇠똥 위에 굴러도 저승보다 이승이 좋다는

쇠똥구리

좀 더 냄새 좋은 쇠똥 찾으며 뒹구는

아부 오름 둘레길

*솔방울

어욱* 마중

묵은 대문을 열면 먼저 반기는
고시락 굴묵 연기 냄새
둘숨에, 날숨에 쥐구멍마다 숨이 살아
뽀얀 연기가 마당 가득하다

어욱 마중 오라는 어머니 말씀 따라
이맹이 모르 동산 길을 오르다 보면
길가에 인동꽃 손바닥에 놓고
나팔처럼 입에 물면 단물이 나왔다

어린 삘기 꽃 따 먹으며
가시 달린 나무 아래
질빵 놓고 와
어린 숨 할딱이며 돌아가
다시 손에 쥐어 어머니
등짐 덜어 어린 어깨에 지어 걸었다
팡**이 보이는 곳마다 어머니와 나
등짐 부려 땀을 씻으며,

터벅거리며 오는 길에 지천에 노랗게 핀

이름 없는 어린 꽃,

피어나고 머물다 바람 되어 떠나는

우리와 같아,

넋 잃고 바라보았다

* 억새
** 무거운 짐을 부려 쉬어 가는 커다란 돌

마음 하나

어머니가 친 울타리에 어머니 혼자
살고 있습니다

문밖 세계와 담장 쌓아도 그 안에 위로가
기다리고 있는지
바다가 가득한 눈으로 풍장처럼
야위어 가는 마늘을 깝니다

마음과 마음이 마주할 마음 하나 있으면
좋겠다 하면서,

침 섞인 물 컵 함께 먹는 마음 하나 있으면
좋겠다 하면서,

홀로 지키는 TV,
보다가 자다가, 보다가
가야 하나 봐,

하늘 벽에 걸어 놓은 스무아흐레 달이

오늘 밤도 별을 밀어내고 있습니다

김정순 2550kjs@naver.com

고지의 정류소

조직형

산엔 눈이 내리고
여긴 꽃이 핀다

오르지 않고서는 고지에 닿지 못한다
먼 눈빛으로는 알 수 없는 곳
산 위에서 사람들은 겨울을 걸어 내려왔다

중턱에서 오래 머무는 구름은
늘 겨울을 본다
나는 산 아래서 꽃을 보고
겨울을 보기 위해 멀리서
고지를 경유하는 버스를 탄다

창밖은 겨울, 순간순간이 지나간다
새들의 날개에 봄을 실어보지만
바람이 움켜쥐고 있는 나뭇가지에
빈 새집만 덩그렇다

과거는 현재 속에 있다

지나간 것 같지만 그대로 있다

무릎이 푹푹 빠지는 눈길을 내려왔을 때
아이젠 한쪽이 달아났고
까마귀 울어대던 고지의 정류소에
까맣게 하늘을 뒤덮고 눈이 쏟아졌다
차를 기다리는 사람은 아무도 없었다
길이 끊긴 고지에
봄은 한참이나 멀리 있었다

그때도 여선히
산 아래에서 보면
눈구름 위 하늘은 푸르렀고
여기 동백꽃은 붉었다

책은 새가 되어 날고 싶다

처음으로 따뜻한 손에 잡혀
등을 펴고 눕는다
꽂힌 그 자리에서 면벽하고 오래 박혀 있어
뻣뻣하게 굳은 몸은 꾹꾹 누르지 않으면 펴지지 않
는다

그저 바람 한번 타고
등을 눌러 날개를 펼칠 때
부풀어 벌름거리는 콧구멍
날개 없는 새가 난다

가끔 옆으로 밀린 적은 있으나
한번도 얼굴을 내보인 적이 없다
앞뒤 서로 달라붙어 숨도 못 쉬었다
책상에 누워 심호흡을 한다
몸이 말랑말랑 살아난다

보이지 않는 지문이 얼룩처럼 남는다
한 세계가 열린다

편애의 얼굴, 날개에 도그지어*가 만들어지면
꼬리라도 흔들고 싶다

문자를 꾹꾹 눌러 참는 것도 수행
날개를 접고 서 있으면
입을 뗄 수 없어 그대로 박제가 되는 것은 흔한 일
책은 새가 되어 날고 싶다

* dog's ear: 책장 모서리의 접힘. 책장 모서리를 접다.

바람의 언덕

초원을 질주하는 말의 갈기처럼
생살을 찢는 바람에 등짝을 눕히고
함께 달리는 풀들이 있다

바람이 절벽을 타고 오르며 휘두르는 채찍에
눕고 눕히며
일어서고 일으키며
온몸이 찢긴다

보고도 눈감고 모른 척 물러서는 태양이 있다

뼈도 없이 풀들은
뿌리에 묶여 허공 같은 절벽에 기대어
손발을 비빈다

바람은 뿌리에 대해
어떤 칼을 들이대고 싶은지
저린 무릎 세우고 서있는 풀들을
발부리를 훑어 눕히며 야멸차게 매질한다

모든 벼랑이란 위태로운 것인데
서슬 퍼런 바람에 멱살 잡힌 풀들은
더 깊게 뿌리를 움켜쥐고
찢어진 살가죽을 두텁게 울타리 친다

머물지 않는 바람이 어떻게 저들에게
악착같이 각인시키는지
바람만의 방식이 있을 것이다

바람이 잦아들면 안다
바람이 부는 대로 흔들린 풀의 순응이
체념만은 아니다
바람이 풀을 드잡이하고 호흡을 고르며
절벽을 오르는 순화가
바람, 저를 단련하는 채찍이라는 것을

눈사람

처음부터 위태롭게 태어난 건 아니었다

전혀 바라던 자리가 아닌 곳에서
몸통으로 서 있는 불안한 직립

흔들리는 나무 위에선 잡을 게 아무것도 없구나

적요한 밤이 지나면
해가 솟는 아침이 온다는 것을 간과했다
뺨을 때리는 바람만이 너를 견디게 하는 힘
말은 입에서 생기지 않고
희망을 눈으로 보는 것도 아니다

한때 순백으로
가만가만 길을 찾던 잃어버린 발꿈치를 들고
창 안을 들여다본다

네가 던져놓은 선물꾸러미가 집집마다 쌓여 갈 때
넌 나무에서 후드득 떨어지는 눈처럼 부셔져 내린다

끼니도 거르며 밀고 가는 택배카트에
어지럽게 달려드는 밥풀 같은 눈송이
하루를 달려 텅 비워 낸 저 짐칸에
무엇을 담아 돌아가야 하는지
젖은 주소를 읽으며 먹먹해진다

이미 내일이 와버렸다는 것도 모른 채
서서히 체온을 올리며
그 자리에서 날개를 터는 눈사람

조직형 ncho5303@naver.com

고구마

김호경

뭐니 뭐니 해도 겨울엔 달달한 고구마가 최곱니다.

퍼석한 감자보다 고구마가 더 땡깁니다.

무슨 소리냐고 목 막히는 고구마는 질색이라고 하는

사람도 있긴 하죠.

목이 꽉 막히는 경우도 있지만 그래도 고구마는

제 최애 간식입니다.

고구마를 편의점에서 하도 사먹었더니

집에서 에어프라이어기 있으면 쉽게 먹을 수 있다고

동생이 매일 말하던 때가 생각납니다.

동생이 사준다고 할 때도

자리 많이 차지한다고 싫다고 했었죠.

그런데 이사 오고 나니

룸메가 에어프라이어가 있다는 겁니다.

룸메도 고구마를 좋아해서 이번에 부모님 오셨을 때

고구마를 구워봤다고 합니다.

전 사용해 본 적 없어서 물론 기대도 안 했죠.

집에 고구마가 없어서

재빠르게 동네 한아름마트에 가서 7,800원 주고

고구마 작은 박스 하나를 샀죠.

카톡으로 룸메에게 고구마 샀으니

사지 말라는 메시지를 보내놓고

퇴근해서 오니 식탁 위 어여쁜 접시에 고구마가

한가득 올라와 있네요.

온도는 180도

30분씩 세 번 돌렸다고 합니다.

우리 에어프라이어는 좀 작아서 여러 번 구웠다고 하

네요.

기대를 안 해서일까요?

상상을 안 해서일까요?

정말 성날 맛있는 기에요.

맛이 너무 좋다고 했더니 사용법을 알려주는 겁니다.

물론 전 혼자서 요리를 하지 않을 겁니다.

같이 하자는 말도 안 할 겁니다.

다만 서로 시간이 맞을 때

공통으로 먹을 수 있는 요리를 해보려고 합니다.

전 매운 걸 못 먹고

룸메는 닭을 못 먹습니다.

하나씩 서로 취향을 기억합니다.

겨울 무

계절이 바뀌고 있다는 걸
겨울 무 먹을 때 느낀다.
웅웅 소리가 날 만큼
매서운 바람이 산에서 내려오는 날
우리는 어깨가 쪼그라들 만큼
움츠리고 찬바람을 맞는다.
하얀 거품을 쉼 없이
토해내는 바다를 보며
오도 가도 못하게 끝없이
눈이 내리던 산속 겨울을 떠올린다.
저녁을 기다리는 가족들은
아랫목을 찾아
언 손을 엉덩이 아래에 놓는다.
부엌에선 저녁밥을 짓고 있는 엄마가
동동거리며 바쁜 하루를 마무리하고
나는 호호 입김을 불며
삭정이를 아궁이에 밀어 넣는다.
아버지는 겨울 내내 땔감 걱정 없이 지내라고
나무를 많이도 쌓아 놨다.

그 쌓아 놓은 나무 아래

작은 굴이 있다.

겨울잠을 자듯 웅크린 그곳에

크고 작은 무가 있다.

나는 손에 잡히는 작은 무를 꺼내

엄마 앞에 놓는다.

아궁이에 불을 지피고

국을 끓인다.

시원한 무국

얼큰한 동태국

명절엔 낭국

그중에 나는

얼큰한 동태국을 제일 좋아했다.

동태 먹는 것보다

시원한 국물 먹는 걸 더 좋아했다.

무에서 나오는 그 시원함은

겨울이 다 끝나도록

우리와 함께했던 온기였다.

마지막이라서

소한 지난 어느 날
지친 몸을 이끌고 퇴근해 오니
집 주인이 보내온
제주 사랑이 초록 초록하게 웃고 있다.
얼갈이 배추랑
상추가 마지막이라 다 뽑아 왔단다.
밭에서는 마지막이라고
이리저리 발길에 치였을 터
시들한 마음으로 기운 없이 여기까지 왔겠지만
내 눈엔
양팔을 활짝 펴고
고개를 든 당당한 모습이
활기차 보인다.
삶고 나면 숨이 죽어 손으로 쥘 만큼 반으로 줄겠지만
겉만 보고 외면하면 안 된다.
두꺼운 이파리 속에 단맛이 숨어 있다.
얼갈이 배추 된장국으로 속을 달래며
긴 겨울밤도 찬찬히 달래 봐야겠다.
오늘은 대한이다.

후리지아

첫째 아이 손잡고 둘째 아이 업고 가는데
향기마저 흔들리는 꽃이
내 흔들리는 마음에 깊게 들어온다.
"이 꽃 이름은 뭔가요?"
"후리지아라고 합니다."
나는 멍하니 꽃 이름을 되뇌어본다.
"어떤 것을 드릴까요?"
꽃집 주인이 또 내 마음을
흔들어놓는다.
왼손에 검은 봉지 두 개를 든
나는 주저한다.
콩나물 대신 후리지아를 살까.
두부 대신 후리지아를 살까.
꽃병도 없으면서 꽃은 무슨 꽃이냐.
내가 나에게 속삭인다.
첫째 아이도 꽃이 예쁜지 아예
쭈그려 앉는다.
꽃을 꽂으면 그게 꽃병이지.
내 마음속 말이 첫째 아이가 말하는 것 같다.

후리지아 작은 다발을 품에 안은 첫째 아이가

빨리 집에 가자고 재촉한다.

등에 업힌 둘째 아이가 후리지아 향기에 깬다.

스투키

공기정화 식물을 방에 놓으니

추억마저 맑게 떠오른다

너는 적도 부근에서 왔다

아프리카 햇살이 내려앉은 바람을 맞으며

내게 와서 내 삶을 뿌리채 흔들어도 좋았다

더는 만날 수 없다는 말을 들은 날에

네가 눈물의 길을 따라 왔다

마지막 수업이면 어김없이 우는 나이기에

눈을 동그랗게 뜨고 내 말을 들어주던

그 눈빛은 어느 서랍에 넣어둘까

조심스럽게 내게 밀하던 그 목소리

어찌 잊을 수 있을까

그 모든 시간을 대신하기 위해

내 방에 대륙을 만든 스투키 화분

삶은 선물이기에

집에 화분 하나 없다는 말이 마음에 남았다며

이 식물은 자주 물 안 줘도 오래 간다며

우리의 시간이 오래 이어지기를 바랐다

마지막 감사 인사는 유리창에 서려 있다

따뜻한 말들이 작은 방에서 푸르렀다
몇 번의 계절이 지나고
마음처럼 남아 물 머금은 스투키
눈물 머금은 아침 창가에서

김호경 triptoho@naver.com

형

채수호

자장면 먹을 때 단무지 절대 먹으면 안 돼.
왜요?
너무 맛있으니까.

툴툴거리는 빨간 티코를 타고 먼 길 와서
후배들 자장면에 탕수육을 배불리 먹여주던
그날의 당신이 생각나던 어느 밤 나는
자장면 위에 덩그러니 놓인 단무지 같은
노란 달을 보았습니다.

비온 것도 깨운 것도 아닌
깊이의 소주잔 위에 떠있는 달에
울음인지 웃음인지 모를 표정으로
나는 추억을 삼켰습니다.

너무 맛있으니까.

맷집2

사람 잘못 때리면 죽어 수호야
저는 누구 때리려고 복싱하는게 아니라
주먹을 흘려서 안 아프게 맞으려구요.
어떻게 찾아온 사람들을 그냥 돌려보내냐며
주머니에 현금을 잔뜩 넣고 나갔다
잔뜩 취해 체육관에 들어와서
미트를 잡아주는 최 관장님,
덕분에 사람들과 시비 붙진 않았습니다.

세상에는 많이 맞았습니다,
함께 산 세월이 있어서 헤어졌지만 잊진 못한
애인과 친구를 자정이 넘은 시간
방이동 모텔골목에서 만난 일이나
대리하다 만나 초면에 반말하는
진상 같은 잽들은 피할 수 있었습니다.

살다 보니 훅 들어오는 피할 수 없는 훅도 있더라
구요.
주식상장폐지를 두 번 맞고 라오스에서 탁발을 보며

마음을 비우려는 와중에 세상에

그 큰 해운회사가 망할지 누가 알았겠습니까

어퍼컷 카운터에 바닥에 쓰러졌습니다, 만 비틀거
리면서

다시 일어설 수 있었던 건

언제라도 제 속 같은 호주머니 비워가며

술잔을 마주쳐줄 관장님 같은 당신들 때문이었습
니다.

2022년 3월 9일

나는 지구인이 되기로 결심하며
가장 먼저 대한민국의 뉴스를 끊기로 했다.
밤하늘의 별을 보고 바닷가에서
흔들리는 집어등을 보기로 했다.
바람 소리를 듣고 새들의 대화에
귀 기울이고 담장을 뛰어넘는 고양이의
몸짓에 자주 감탄하기로 했다.

쉬운 문장을 쓴다고 쉬운 사람이 되는 건 아니었다.
말장난을 좋아한다고 소가 질투하는 건 아니었다.
대한민국에 산다고 대한민국에 사는 건 아니었다.
나는 지구인이 되기로 했다.

바람 소리를 듣다가 바람 신발을 신고 흔적을 남기
지 않고 걷기로 했다. 바닥의 침묵에 지난날 휘청거렸
던 내 걸음들을 묻어버리고 그냥 바람처럼, 바람 되어
그러다 가끔은 새와 꽃과 길가에 덩그러니 서 있는 어
느 날의 나무와 서로의 그늘로 안부를 묻기로 했다.
지구의 눈물로 빙하가 녹아서 섬이 잠식되어 가는 같

은 지구인에게 위로의 편지를 쓰기로 했다. 미얀마군부에 짓밟힌 지구인들과 언젠가는 꼭 함께하리란 소망은 끝까지 버리지 않기로 했다. 80년대 자신들의 싱싱했던 시절이 그리워서 그 시절로 돌아가고 싶은 노인들의 여행을 축복하기로 했다. 가끔은 늙은 인형 같은 젊은이들의 안부를 묻기로 했다.

나는 대한민국 국민이 아닌 지구인이 되기로 했다.

채수호 4477b@naver.com

서호수도기념비

현택훈

1927년 서호리에 수도가 처음 들어왔을 때
마을 사람들은 잔치를 했지
돼지를 잡고 넉둥배기도 했지
통물에 가서 물허벅에
물을 싣고 오지 않아도 된다며
집집마다 벌컥벌컥 물을 마셨지

각시바위 절곡지물에서 마을까지
물을 모시기 위해
모두 팔을 걷어붙이고 땅을 파고
모금을 했지
일본에 간 사람들도 돈을 보내왔지
마침내 수도가 완성된 날
나라를 되찾은 것처럼 환호성을 질렀지

이제 마을에는 아파트가 들어서고
비석에는 이끼가 끼고
시멘트 뒤덮인 길 모퉁이에 찾는 이 없지만
이름난 왕이나 장군이 세운 비석보다

시원한 물 한 사발 들이켤 수 있는

서호수도기념비에 바람이 흥건하다

밤식빵

빵 속에 밤이 들어 있습니다
밤은 달콤하고 부드럽습니다
밤은 오래되고 희미한 길을 만듭니다
그 길로 나는 미끄러져 들어갔습니다
그 길에는 낯익은 버스 정류장도 있고
봄바람도 붑니다

밤식빵은 언제나 밤입니다
아침이 올 것도 같지만
유통기한이 그것을 증명하는 것도 같지만
이대로 밤나무 한 그루 드리우고
밤의 세계에서 모든 파도를 맞이합니다
그것이 밤식빵의 길이라면
그 길에서 아주 오랫동안
지친 버스 한 대를 기다리면 좋겠습니다

이미 지나버려 다신 오지 않을
버스가 저 먼 수평선 너머에서

탑동

누군 깨진 불빛을 가방에 넣고
누군 젖은 노래를 호주머니에 넣어

여기 방파제에 앉아 있으면 안 돼
십 년도 훌쩍 지나버리거든
그것을 누군 음악이라 부르고
그것을 누군 수평선이라 불러

탑동에선 늘 여름밤 같아
통통통 농구공 소리
자전거 바퀴에 묻어
방파제 끝까지 달리면
한 세기가 물빛에 번지는 계절이지

우리가 사는 동안은 여름이잖아
이 열기가 다 식기 전에 말이야
밤마다 한 걸음씩 바다와 가까워진다니까
와, 벌써 노래가 끝났어

주사위

풀밭에서 염소가
풀을 뜯어 먹는다.
바람이 묻어 차가운 향기의 풀.

수첩에 메모하고
바위 위에 앉으면
무당벌레를 삼킨 새도
나뭇가지에 앉아 조는 숲의 오후.

UFO가 지나간 하늘.

음악은 음악이 된다.
다 셀 수 없을 때 겨울이 오고,
자주 하늘을 올려다 보면
볼 수 있을 거야.
저녁이면 풀밭엔 염소도
보이지 않으니.

심야 영화를 상영하는 시간에

해서웨이의 노래 '낙서'를 듣는다.

그럼 이제 다섯 칸 더 멀리

갈 수 있는 걸까.

뒤돌아보면 더 먼.

한 걸음 앞서 걸으면

붙잡을 수 있겠지만…….

현택훈 traceage@naver.com

고양이

좌안정

불 꺼진 방 안
창틀 사이 머리 내밀고
내게 불쑥 다가와
우두커니 바라본다

매일 밤 아무 일 없을 거야
노래하고 주문을 걸면
밤 고양이가 되어
슬그머니 나타난다

어디 갔다 이제 왔어
나를 향해 빙삭이 웃는
엄마의 얼굴에서 빛이 난다

옆집 담 넘어 개 짖는 소리
뒤도 안 보고 아무 일 없는 듯
무심히 지나간다

혼자 남은 밤

쓸쓸히 지나간 자리만 넋 없이 바라본다

설운 님

하늘 우터레 바레어 보난
희뿌연 안개가 가득 찼구나

설운 님아
어떵허코 어떵허코

우리 그 사름
무죄 만들어 줍서

눈에 흙이 들어가기 전
행여 만나질까
눈도 감지 못ㅎ고

이녁 신체만이라도 츷아져시민

까마귀도 모르게
숨죽여 우네

이녁은 참 야속헌 사름
날랑 무사 혼자 남겨두고
어드레 감수광

긴 한숨일랑
가슴에 묻어두고

내 눈물일랑
흩날리는 바람 곁으로

이녁 육신 찾아지민
저 산 앞 뱅뒤에
바람 따라 여지없이 뿌려 드리쿠다

이 산 저 산
꽃들도 참 곱닥하네

이녁이영 함께 와시민 좋으련만
이토록 내 무음 가라앉게 하네

열두신뼈 열두고개 넘어가세
아리랑 고개 하올하올 넘어가세

좌안정 sorijeong11@naver.com

라음

계이름 중 '라'는 경쾌한 소리이면서 파열음이다.

'음'은 그늘 '음(陰)'이다.

"어둡고 가난하고 약한 곳에서 밝은 변화를 찾자."라는

뜻으로 만든 말이다.

움푹 파인 발자국마다 우리는

2022년 9월 20일 초판 1쇄 발행

엮은이 라음 동인
펴낸이 김영훈
편집인 김지희
디자인 나무늘보, 이은아, 김지영
펴낸곳 한그루
　　　　출판등록 제651-2008-000003호
　　　　제주특별자치도 제주시 복지로1길 21
　　　　전화 064 723 7580 전송 064 753 7580
　　　　전자우편 onetreebook@daum.net 누리방 onetreebook.com

ISBN 979-11-6867-043-3 (03810)

ⓒ 라음 동인, 2022

값 10,000원